I0648840

Alfred Lichtwark

Die Wiedererweckung der Medaille

Alfred Lichtwark

Die Wiedererweckung der Medaille

ISBN/EAN: 9783741193965

Hergestellt in Europa, USA, Kanada, Australien, Japan

Cover: Foto ©Andreas Hilbeck / pixelio.de

Manufactured and distributed by brebook publishing software
(www.brebook.com)

Alfred Lichtwark

Die Wiedererweckung der Medaille

ALFRED LICHTWARK

DIE WIEDERERWECKUNG

DER

MEDAILLE

MIT ABBILDUNGEN

DRESDEN

VERLAG VON GERHARD KÜIITMANN

1897

INHALT

VORWORT

Die beiden ersten Aufsätze sind zuerst in der
Zeitschrift Pan erschienen, der über die Skulptur
in den deutschen Museen stammt aus dem Jahres·
bericht der Kunsthalle für 1891.

DIE WIEDERERWECKUNG DER MEDAILLE

Ein Gähnen pflegt den deutschen Kunstfreund anzuwandeln, wenn er an die moderne Medaille erinnert wird. Die Münzkabinette der Museen sammeln sie nicht mehr, es sei denn aus lokalhistorischen Rücksichten. Ein Privatmann, der eine Sammlung moderner Medaillen pflegt, erwirbt sich durch diese Thätigkeit kein köheres Ansehen, als wenn er seine Neigung der Briefmarke zugewendet hätte. Wer auf einer Ausstellung oder bei einem sonstigen Anlass mit einer Medaille belohnt wird, legt sie in die Schublade und vergisst sie, er könnte sie denn als Geschäftsreklame verwenden. Aus alter Gewohnheit wird bei Krieger- und Schützenfesten das zinnerne Erinnerungszeichen gekauft, einen Tag getragen und dann den Kindern zum Spielzeug geschenkt. Bei der Herstellung der Medaille waltet kaum noch die Absicht, ein Kunstwerk zu schaffen.

Nicht einmal aus der Kunstgeschichte pflegt heute der Gebildete zu erfahren, dass einst die

Medaille einer der vornehmsten und zugleich volks-
tümlichsten Zweige der Skulptur war, denn in den
gebräuchlichen Handbüchern wird ihr Wesen und
ihre Bedeutung nicht hinlänglich gewürdigt.

Die Medaille teilt diese gleichgültige und ober-
flächliche Behandlung in Deutschland mit der ge-
samten Skulptur. Freilich werden bei allen mög-
lichen Anlässen Medaillen geschlagen, wie es ja
auch an Aufträgen für die Skulptur nicht mangelt.
Denkmäler aller Art, namentlich dekorative Arbeiten,
giebt es die Hülle und Fülle, da die Architektur
sich bei uns um so verschwenderischer mit plastischen
Ornamenten zu beladen pflegt, je weniger sie über
die ihr eigentümlichen Mittel Herrin ist. Aber
gerade dort, wo sie am kräftigsten gedeihen müsste,
wird wie die Skulptur so auch die Medaille nicht
gepflegt. Denn aus dem Hause und aus der Familie
sind sie verschwunden, und die Sammlungen moderner Kunst, die jetzt fast überall in Deutschland aus
öffentlichen Mitteln vermehrt werden, haben zwar
seit zwei Generationen ziemlich planlos und seit
kurzem hie und da mit Umsicht Gemälde ge-
sammelt, aber für die lebende Skulptur so gut wie
nichts gethan. Was bedeutet der kleine Saal mit
Marmor- und Bronzearbeiten in der Nationalgalerie,
die einzige Sammlung moderner Skulptur in edlem
Material, die wir besitzen? Der Brauereibesitzer
Jacobsen in Kopenhagen hat mehr für die moderne
Skulptur gethan als sämtliche deutsche Museen
zusammengenommen.

Dieser klägliche Zustand in Deutschland hängt jedoch nicht etwa mit einem Mangel unserer nationalen Begabung zusammen. Es ist wahr, das deutsche Volk würde kaum empfinden, dass ihm etwas fehlte, wenn unsere Bildhauer mit einem Schlage zu schaffen aufhörten. Aber so stand es nicht immer um das Gefühl für die Bildhauerkunst. Wenn ein ausländischer Künstler unsere Kulturstädte durchwandert, so pflegt er von den alten Bildhauerarbeiten in Bremen und Lübeck, in Nürnberg, München und Würzburg am meisten überrascht zu werden, und mehr als einmal habe ich dann die Meinung äussern hören: Ihr Deutschen seid viel mehr Bildhauer als Maler.

Es wird hohe Zeit, dass wir uns besinnen, ob wir nicht durch eine rationelle Kunstpflege die schlummernden nationalen Kräfte wieder wecken sollten. Das darf jedoch nicht etwa durch eine Reorganisation der Akademien und der Kunstgewerbeschulen versucht werden, denn diese Institute sorgen in erster Linie für Künstler, nicht für Kunst. Auch der Aufträge bedarf es nicht, wohl aber der Aufgaben.

Was sich durch planmässige Kunstpflege erreichen lässt, soll nicht zu hoch angeschlagen werden: Raffaels und Rembrandts kann man nicht säen. Auch im modernen Leben wird die bewusste Förderung der Kunst keine wesentlich höhern Ergebnisse zeitigen als die Kunstpolitik Ludwigs XIV oder Friedrichs des Grossen. Aber würden wir nicht schon stolz sein dürfen, wenn wir dieses Niveau erreichten? Würde das nicht genügen, unsere dekorativen Künste, die, so lange sie allein im Ausgraben und Ausplündern der Alten ihr Heil suchen, in Gefahr schweben, vom Ansturm des Auslandes über den Haufen gerannt zu werden, auf die Füsse zu stellen?

Namentlich für die Plastik müssten an jedem Ort — denn jede Kunstpflege sollte an Ort und Stunde anknüpfen — alle im Bereich der Möglichkeit liegenden Aufgaben untersucht und nach wohl erwogenem Plan gefördert werden. Von einer gesunden lokalen Plastik hängen zahlreiche Zweige der dekorativen Künste ab. — Mehr, als der heutige Zustand ahnen lässt, dürfte eine vorsichtige und umsichtige Pflege der Medaille das Gefühl für die Werke der Bildhauerkunst zu erwecken imstande sein.

Ihrem Charakter nach ähnelt die Medaille am meisten dem Kupferstich, wie ihn Schongauer und Dürer ausgebildet haben. — Kupferstich und Medaille sind für den intimen Genuss gedacht. Sie wollen in der Hand betrachtet sein und können deshalb nur von Wenigen zugleich genossen werden. Man besieht sie am besten allein oder zu zweien, der dritte ist schon zu viel. Das giebt ihnen den Zug grosser Intimität. — Dem Auge nahe gebracht ist die kleine Fläche des Kupferstiches und der Medaille unendlich gross, monumental wie die Wand.

Im Kupferstich wie in der Medaille giebt es für die Phantasie des Künstlers keine Grenzen. Schon Vittore Pisano, der erste Medailleur, hat im fünfzehnten Jahrhundert in seinen unvergleichlichen Bildnissen und in seinen malerischen Reliefs das ganze Gebiet des Darstellbaren umschrieben, von der Allegorie, dem Menschenleben, dem Tierbild, der Landschaft und Architektur bis zum Stillleben.

Das Gebiet der Plastik hat durch die Medaille eine Erweiterung erfahren, wie das der Malerei durch den Kupferstich, denn die feine Technik bringt ihr Relief der Zeichnung nahe, und sie vermag Gedanken auszudrücken, für die die Mittel der Skulptur im engeren Sinne ungeeignet und unzulänglich sind.

Für den Medailleur, im Sinne von Originalstecher und Originalradierer genommen, sind deshalb Eigenschaften erforderlich, die der Bildhauer sonst kaum zur Geltung bringen kann. Denn die Medaille kann je nach Umständen das Wesen des Epos, des Dramas, des Lehrgedichts, des lyrischen Gedichts, der Allegorie, der symbolischen Dichtung und der Satire streifen, und der Medailleur vermag eine Erfindungskraft ins Spiel zu setzen, wie der Malerradierer nach Art Schongauers, Dürers und Rembrandts.

Seine Werke haben auch das mit dem Kunstdruck gemein, dass sie auf Vervielfältigung berechnet sind, und je nach der Technik kommt die Medaille der Radierung oder dem Holzschnitt gleich.

Beim Gussverfahren ist die Zahl der Exemplare in ähnlichem Sinne beschränkt wie bei der Radierung; von dem Stempel dagegen lassen sich Tausende von Abschlägen herstellen. Die geprägte Medaille kommt somit dem Holzschnitte nahe.

Durch die Reproduktion, die doch immer wieder in demselben Sinne Originale giebt, wie der Abdruck der Kupferplatte oder des Holzschnitts, erlangt das Werk des Medailleurs unermessliche Verbreitung, und das unvergängliche Metall verleiht ihm ewige Dauer.

Aus allen diesen Eigenschaften ergiebt sich die unvergleichliche Bedeutung der Medaille für die künstlerische Erziehung und für die künstlerische Erbauung weiter Kreise. Als tragbares Denkmal hat sie einst alle grossen Ereignisse im Leben des Staates, der Gesellschaft und der Familie wiedergespiegelt.

Das Volk hat die Medaille von je geliebt. Sie ist die eigentlich volkstümliche Form, man könnte sie das Volkslied der Skulptur nennen. Es liesse sich an der Hand der Wallfahrtspfennige, der Hochzeits-, Kindtaufs- und Freundschaftsthaler eine Geschichte seiner Seelenstimmung schreiben, denn alle äusseren Ereignisse wurden seit dem sechzehnten Jahrhundert durch populäre Medaillen in Erinnerung gehalten. Jahre der Not oder des Überflusses wurden durch Medaillen gekennzeichnet, erschien ein Komet, so verbreitete die Medaille mit seinem Bilde zugleich Mahnung und Trost. Krieg und

Friede, grosse politische Ereignisse, wie der Tod
eines volkstümlichen Helden, wurden durch die
Medaille registriert, und war das grosse Sterben vor-
übergegangen, so verkündete die Medaille das Glück
der Erlösung. Dem Fürsten war sie daneben die
eherne Chronik seiner Thaten: zum letzten Male
in grossem Stil unter Napoleon I.

Von alldem ist uns nicht viel Anderes übrig
geblieben als die Jubiläumsmedaille oder die Aus-
stellungsprämie, an denen kein Mensch mehr Freude
und Erbauung findet. Wie durchaus die Medaille
ihre Macht über das Gemüt des Volkes verloren
hat, geht aus seiner vollkommenen Gleichgültigkeit
gegen die jetzigen banalen Leistungen hervor. Aber
wenn der König von Bayern einen Thaler schlagen
lässt, den statt des bayerischen Wappens die Himmels-
königin als Patrona Bavariae ziert, dann verschwindet
diese Münze sofort aus dem Umlauf, denn jedes
Mädchen trägt sie als Broche oder am Mieder.

In der 1891 erschienenen verdienstvollen Münz-
kunde von Dannenberg wird am Schluss der Ver-
fall des Medaillenwesens beklagt und aus der Kenntnis der Leistungen früherer Zeit der Wunsch ausgesprochen, es möchten die alten technischen und
künstlerischen Methoden wieder aufgenommen werden. Dass die Wiedergeburt der Medaille damals

thatsächlich bereits stattgefunden hatte, dass schon
seit zwei Jahrzehnten hervorragende Meister mit den
neu erworbenen Mitteln der heutigen Kunst eine
grosse Zahl von Medaillen geschaffen hatten, die
zu den originellsten Leistungen der neueren Kunst
gehören, war den Fachleuten in Deutschland un-
bekannt geblieben, weil das Ereignis sich in Frankreich zugetragen hatte und überdies auch dort
weiteren Kreisen noch nicht recht zum Bewusstsein
gekommen war.

In Kopenhagen lernte ich 1888 in der von
Herrn Jacobsen veranstalteten Ausstellung franzö-
sischer Kunst einige der führenden Meister der
Medaille kennen. Was ich sah, ergriff mich sehr,
da in meiner engeren Heimat ein uraltes Medaillenwesen des Staates und der Familie neue Anregung
ebenso nötig brauchte wie im übrigen Deutschland.
Nicht einen Augenblick hätte man diese Medaillen
für Nachahmungen alter Vorbilder halten können,
doch stimmten sie in den technischen und künstlerischen Prinzipien mit dem Besten, was uns seit
dem fünfzehnten Jahrhundert erhalten. Wie die
Werke des Schöpfers der Medaille, des Vittore
Pisano, waren die wertvollsten Stücke nicht geprägt,
sondern gegossen, und die geprägten Medaillen
kamen ihnen so nahe, wie die Technik es zulässt.
Der Medaillenguss hatte also wieder wie einst die
Führung erlangt.

Das war ein immenser Fortschritt. Denn die
Medaille war in unserem Jahrhundert gleich dem

Kupferstich der technischen Routine verfallen. Der Medailleur hatte den sogenannten Medaillenstil ausgebildet mit seiner starren, leblosen, mechanischen Behandlung des Reliefs, das sich hart von dem spiegelblanken Grunde abhob, der peinlich exakten Ausführung einer ungewöhnlich geschmacklosen Buchdruckerschrift, in der absolut nichts daran erinnerte, dass sie von Menschenhand, geschweige von Künstlerhand hergestellt war, dem hohen Rand, der die Darstellung einengte und die Fläche klein machte durch die starke Betonung der Grenze.

Nichts von alledem fand sich bei den Franzosen. Der von unseren Fachleuten so hochgeschätzte Spiegelglanz war vermieden. Das Relief war eins mit dem Grunde, aus dem es herauswuchs, und dieser Grund war nicht eben, sondern lag je nach Bedürfnis etwas tiefer oder etwas höher. Der Rand fehlte in den meisten Fällen, und die Schrift, auf der Grundlage der antiken Monumentalschrift entwickelt, hatte den Charakter einer Handschrift, die zum künstlerischen Wesen der Persönlichkeit gehörte. Doch dies waren alles Äusserlichkeiten im Vergleich zu der Behandlung und dem Inhalt der Reliefs. Es war nicht schwer zu empfinden, dass hier eine Synthese der ganzen künstlerischen Bewegung des Jahrhunderts vorlag. Die Namen der grossen französischen Bildhauer und Maler kamen Einem unwillkürlich auf die Lippen. Statt der mageren allegorischen Motive, an die wir gewöhnt sind, war benutzt, was sich an alten Ideen auf

modernem Gefühl und mit modernen Mitteln ausdrücken liess, und zugleich das ganze moderne
Leben und die moderne Landschaft dem Stoffkreise
einverleibt. Auch das Stillleben fehlte nicht. So
viel Kopfseiten, so viele lebendige Bildnisse oft
wahrhaft monumentalen Charakters, so viel Rück-
seiten, so viele reizvolle Bilder. Jeder Rahmen mit
Medaillen hatte den Inhalt der Wand einer modernen
Gemäldegalerie.

Und während die Medaille bei uns wie der
Kupferstich etwas Unpersönliches besass, schien es
hier nach dem ersten Überblick unmöglich, die
Werke der einzelnen Meister zu verwechseln. In
Erfindung und Ausführung liess jeder seiner In-
dividualität freien Spielraum. Das war der zwingende
Beweis, dass der Bann des erlernbaren Medaillen-
stils endgültig gebrochen war.

Da sich in Deutschland über die Bewegung
nichts erfahren liess, nahm ich mir vor, sie an Ort
und Stelle in Paris zu studieren. Die Weltausstellung
bot eine günstige Gelegenheit, denn die Pariser
Museen besassen von all den Herrlichkeiten noch
nichts, und die Kunsthändler kannten die ersten
Meister des Faches nicht einmal dem Namen nach.

Der Eindruck, den ich empfing, war so mächtig,
dass ich mir vornahm, die ganze Bewegung von
den Anfängen an in einer Sammlung darzustellen,
die die Grundlage der Skulpturensammlung in der
Hamburger Kunsthalle bilden sollte. Freunde des
Institutes, Hamburgische Stiftungen und Vereine

sagten die Mittel zu, und seit 1891 konnten die Werke der wichtigsten Künstler erworben werden. Den Ausschlag für die Förderer des Planes gab dabei die Aussicht, dass diese Sammlung die Anregung bieten werde zur Neugestaltung des heimischen Medaillenwesens.

❁

Aus dem bekannten Aufsatze von Roger Marx über die Medaille auf der Ausstellung von 1889 und aus der Umfrage bei den Künstlern, die die Entwickelung mitgemacht hatten, gewann ich einen Einblick in die Umstände, unter denen die moderne Wiederbelebung der Medaille in Frankreich vor sich gegangen war.

Die Bewegung war sehr jung, es liess sich sogar das Datum des Ursprunges angeben. Am 2. Mai 1868 hielt der Chemiker Dumas als Präsident dem comité consultatif des graveurs einen Vortrag, in dem er alle Mängel des bis dahin klassischen Medaillenstils schonungslos geisselte, die geschmacklose Schrift, die weder durch ihren Inhalt noch durch ihre Anordnung mit der Darstellung zu einem dekorativen Kunstwerk zusammengeht; die Politur und den hohen Rand, der zu der ungebührlichen Erhöhung des Reliefs zwingt und doch nicht nötig ist, da die Medaille nicht als Münze in Rollen verpackt wird. Als Vorstand der Münze verlangte er

Abstellung dieser Mängel, um der künstlerischen Behandlung der Medaille freie Bahn zu schaffen.

Ein heftiger Kampf zwischen den Vertretern des Alten, bestehend aus den Graveuren und den Beamten der Münze, und den Verfechtern der neuen Ideen, an deren Spitze damals Hubert Ponscarme stand, hatte durch diese Sitzung seinen Abschluss gefunden. Die Münze musste sich fügen. Damit war Alles gewonnen, denn in ganz Frankreich darf nur an einer Stätte geprägt werden, in der Pariser Münze. Und was diese zurückweist, kann überhaupt nicht ausgeführt werden.

Die neuen Ideen hatten sich langsam vorbereitet. David d'Angers mit seinen Bildnismedaillons hatte eine freiere Behandlung des Reliefs von etwa 1830 an gewagt und viele Nachfolger unter den Bildhauern gefunden. Von diesen hatten besonders Paul Dubois in einigen köstlichen Medaillons um 1860 und vor allem Chapu in der langen Reihe seiner von Jahr zu Jahr persönlicher und malerischer werdenden Porträtmedaillons einen neuen Typus aufgestellt, der nur in die Medaille eingeführt zu werden brauchte. Dann kam in den sechziger Jahren die grosse Erregung hinzu, in der die moderne Bildhauerschule der Franzosen die Fesseln der Tradition sprengte, so dass es nur der Schicksalsstunde bedurfte, um den Funken nach der Seite der Medaille überspringen zu lassen. — Dass dies geschehen, ist Hubert Ponscarmes Verdienst. Er hatte bereits eine Ausstellungsmedaille mit dem nach

neuen Grundsätzen modellierten Bildnis Napoleons
geschaffen, als ihm die Münze die Prägung der jetzt
mit Recht so berühmten Medaille auf Naudet ver-
weigerte, weil sie den ewigen Gesetzen des Medaillenstils Hohn spräche. Die Sache kam vor Dumas.
Dieser stellte sich, da seinem kultivierten Geschmack
die bisherige Gestalt der Medaille zuwider gewesen,
auf die Seite des angeklagten Künstlers, dessen Vor-
schläge dem nicht durch die Tradition Befangenen
einleuchteten, und durch sein energisches Eingreifen
führte er der Medaille aus der Bildhauerkunst den
Strom neuer Ideen zu.

Es darf dabei nicht übersehen werden, dass die
jüngeren Medailleure in ihrem Fach wohl vorbereitet
waren. Männer wie Oudiné, der Lehrer einer ganzen
Generation, hatten von ihren Schülern verlangt, dass
sie sich auch als Medailleure die grosse, selb-
ständige Erziehung des Bildhauers geben sollten.
Wie kühn er selber, der in der Mitte der sechziger
Jahre noch im alten Stil befangen war, in das neue
Gebiet vordrang, zeigen seine letzten Medaillen
um 1870.

Und von 1870 ab treten nun, nachdem der
Weg bereitet war, nacheinander die grossen Begabungen auf, die die Ernte all der Mühen der
ersten Besteller des Bodens einheimsen. Der hoch-
begabte, zu früh verstorbene Degeorge; der ernste,
männliche J. C. Chaplain, der Freund Chapus;
Daniel Dupuis, der als Medailleur ebenfalls von
Chapu ausging, und Oscar Roty, der aus der Medaille

ein poetisches Kunstwerk machte, das wie ein Ge-
dicht, wie Musik wirkt. Chaplain und Roty gehören seit Jahren der Akademie an. Neben ihnen
ist nun schon eine dritte Generation emporgekommen,
und aus aller Welt — doch nicht aus Deutschland
— strömen die Schüler nach Paris, um die neue
Kunstform an der Quelle zu studieren.

Dass die Medaille nunmehr ihre alte Volks-
tümlichkeit wiederzugewinnen sich anschickt, war
bei der Ausstellung der Werke Chaplains und Rotys
und ihrer Nachfolger in der Hamburger Kunsthalle
ersichtlich. Kaum je hat eine andere Erwerbung
so begeisterte Aufnahme in allen Kreisen gefunden.
Auch ging die Hoffnung, die bei der Anlage der
Sammlung ausgesprochen wurde, schneller, als er-
wartet werden konnte, in Erfüllung. Auf ein von
der Kunsthalle eingefordertes Gutachten beschloss
der Senat schon 1892, die Reorganisation des Hamburgischen Medaillenwesens im künstlerischen Sinne
anzubahnen. Für die neuen Medaillen wurden unter
Künstlern Konkurrenzen ausgeschrieben, bei denen
die Bedingungen auf die Abschaffung der bisherigen
Übelstände hinwiesen.

Da seit kurzem auch in anderen deutschen
Städten der Versuch gemacht worden ist, vorbild-
liche Werke der führenden Meister aus Paris zu

erwerben, so dürfte bei uns bald aller Orten ihr Einfluss zu spüren sein. Nun gilt es aber, nicht in den Fehler der Nachahmung zu verfallen, sondern nur die Anregung aufzunehmen. Sonst werden wir nur Epigonenarbeit leisten, denn das gerade macht die Stärke der modernen französischen Medaille aus, dass sie nicht durch Anlehnung an alte oder neue Vorbilder nachempfunden, sondern aus dem Boden der modernen französischen Skulptur und Malerei emporgewachsen ist als deren jüngste Blüte.

Wir müssen aus der Beobachtung der Vorgänge in Frankreich lernen, dass die Wiedererweckung der Medaille auch bei uns nur die Frucht einer rationellen Pflege der grossen Skulptur sein kann. Die Talente, die sich bei uns der Medaille widmen, müssen dieselbe vielseitige künstlerische Ausbildung erhalten, die die französischen Medailleure befähigt hat, dem Kleinrelief der Medaille seinen malerischen Charakter zu geben. Wie durchweg alle grossen französischen Bildhauer, sind auch die Künstler der Medaille ebenso gut als Zeichner und Maler wie als Bildhauer erzogen.

Aber die Fürsorge des Staates und eine bewusste Kunstpflege der Gesellschaft und der Familie vermögen nur zu fördern, nicht zu schaffen, dies bleibt die Aufgabe der Künstler. Mögen unsere Begabungen, die sich der Medaille zuwenden, bei den französischen Meistern nicht nur das Vorbild der Kunst, sondern auch das der Gesinnung erkennen. Nicht auf die Initiative des Staates haben sie ge-

wartet, nicht äusseres Wohlleben und der Besitz
von Glücksgütern war ihr Ziel. Sie haben nichts
als ihre Kunst geliebt und in selbstloser Hingebung
ein bescheidenes, einsames Leben geführt, um un-
gestört entwickeln zu können, was in ihnen als
Begabung und in ihrem Fach als künstlerische Möglichkeit schlummerte. Nicht Staatsaufträge, nicht
die Arbeit im Dienste reicher Mäcene haben ihnen
die köstlichsten und reifsten Werke entlockt, sondern
Aufgaben, die sie sich selber gestellt haben in den
Bildnissen ihrer nächsten Angehörigen und ihrer
liebsten Freunde.

DIE TECHNIK DER MEDAILLE

Fast jeder, der in Deutschland die Medaillen Rotys und Chaplains zu Gesicht bekommt, pflegt nach dem ersten Ausbruch der Bewunderung zu fragen: Wie entstehen diese Arbeiten?

Da ich fast alle französischen Medailleure nach ihrer Methode gefragt habe, kann ich die Auskunft geben, dass ein erprobter Arbeitsweg im ganzen konsequent inne gehalten wird, wenn auch in Nebensachen jeder seine besondern Gewohnheiten hat.

Wer die feste Methode ausgebildet hat, lässt sich schwerlich noch sagen. Wohl kaum ein Einzelner. Einiges mag Tradition der französischen Medailleurwerkstätten sein, die logische Durchbildung dürfte Ponscarme und seinen nächsten Nachfolgern gehören.

Der oberste Grundsatz bleibt: keine Arbeit wegwerfen. Es kann bei den Franzosen im Prinzip gar nicht vorkommen, dass ein fertig gestelltes Modell, in dem die Arbeit von Monaten steckt, aufgegeben wird. Dieses günstige Resultat ergiebt sich aus der überaus sorgsamen, umsichtigen Behandlung der ersten Vorarbeiten.

Zu Anfang schreiten die französischen Medailleure nur ganz langsam und prüfend vor, damit sie in dem Augenblick, wo sie sich auf falscher Fährte sehen, umkehren und von vorn beginnen können. Die künstlerische Ausarbeitung beginnt erst, wenn das Ziel klar und bestimmt vor ihnen steht.

Das erste Stadium ist reine Gedankenarbeit. Hier scheint Ponscarmes seltene Bildung und philosophischer Geist die Methode bestimmt zu haben, indem er auf eine allseitige Untersuchung der Aufgabe drängte. Je nach ihrem Charakter und dem Charakter des Künstlers wird sie von der historischen, philosophischen oder intimen Seite gepackt.

Ponscarme ist aufgewachsen unter der Herrschaft der Antike. Hätte er eine Medaille auf die Eröffnung des Suezkanals zu schaffen, so böte sich ihm die Synthese etwa in der Gestalt eines Herkules, der Neptun durch die Wüste schleppt. Herkules als der Typus der Menschenmacht im Gegensatz zur Naturgewalt.

Als Degeorge vom Kriegsministerium den Auftrag zu seiner Medaille auf Verdienste um die

Brieftaubenzucht erhielt, zuckte das Weh der
Schreckensjahre in seiner Seele auf, und er fand
jenes einfache, gewaltige Motiv, dessen Anblick in
Frankreich kalt überlaufen macht und das zugleich
besser als tausend Worte sagt: Es soll kein Erfolg
im Sport belohnt werden, sondern eine Thätigkeit,
die in schwerer Zeit der Nation zu dienen bestimmt sein kann. Paris, ein verschleiertes Weib,
sitzt auf einer Laffette einer Kanone und erhebt
verlangend Augen und Hände nach der Brieftaube,
die über die Wälle geflogen kommt. Ein Ballon
verschwindet über der Landschaft in der Ferne.
Keine Inschrift, denn das Bild spricht alles aus, nur
ganz unten, kaum sichtbar — und kaum nötig —
Paris 1870/71. Wer das Vorurteil der neueren
Aesthetik nicht kennt, wird gar nicht merken, dass
hier eine Allegorie spricht.

Die Association française des habitations à bon
marché stellte Chaplain die Aufgabe, ihre Absichten
durch eine Medaille auszudrücken. Er gab ein
Bild des humanen Zieles der Gesellschaft, des häus-
lichen Glückes der Arbeiterfamilie. Der junge Ar-
beiter ist nach Haus gekommen, er hat sich an den
Tisch gesetzt, und während sein dralles junges
Weib die Suppe aufgiebt, hebt er scherzend den
Säugling hoch, und das Kind neigt den Kopf zu
ihm und schliesst die greifenden Fäustchen.

Einen Schritt weiter geht Roty im Revers
seiner Medaille auf das Centenarium Chevreuls.
Die studierende Jugend stiftete die Medaille. Er

lässt sie zum Alten herantreten, der behaglich in
seinem Lehnstuhl Gratulanten empfängt, ein zartes
junges Weib, das den lieblichen, modernen Kopf
neigt und die Worte, die es spricht, mit einer
leichten Geberde begleitet. Ihre Tracht ist antik,
aber nicht das Gewand einer Statue, und ihre
zarten Glieder haben mit der Wucht antiker Formen
nichts zu thun. Mit dem Buch unter dem Arm
ist sie eine Verkörperung der Inschrift: La jeunesse
française au doyen des étudiants. Wer eine alle-
gorische Figur mit glaubwürdigem Leben aus-
zustatten vermag, der darf sie unbekümmert neben
das Bildnis eines modernen Menschen stellen, wie
das des alten Gelehrten.

Zu solchen Ergebnissen führt nur die liebe-
volle Vertiefung in die Aufgabe, die mit dem
Herzen und dem Verstande ergriffen wird. Nicht
immer tritt die Inspiration plötzlich vor die Seele.
Meist muss die Synthese in langer, fast mecha-
nischer Arbeit gesucht werden, und in der Regel
wird sogar das Wort zu Hülfe genommen. In
knappen Sentenzen, die unter Umständen später
als Inschrift das Bild begleiten, wird das Thema
gesucht. Die Republik lehrt die Jungfrauen, die
künftigen Mütter der Männer — Ausgangspunkt
der Komposition und Umschrift einer Medaille
Rotys auf Verdienste um Mädchenerziehung; die
Wissenschaft unterweist die Gartenkunst — der Inhalt der vornehmen Plakette von Daniel Dupuis,
auf der ein weiblicher Genius mit der Flamme als

Diadem in ungesuchter Würde den Gartenbau, ein
derberes Weib, das sich breitbeinig dastehend über
einen jungen Baum beugt, die Handgriffe lehrt.
Hier ist die Inschrift als überflüssig fortgelassen.
Es kommt vor, dass mehr als ein Dutzend solcher
kurzen Sätze über den Inhalt einer einzelnen Aufgabe im Notizbuch der Künstler steht.

Diese philosophische Vorarbeit ist für das Wesen
der Medaille charakteristisch, denn sie hat nicht
nur darzustellen, sondern jedesmal eine ganz be-
stimmte Idee und dadurch die Absicht der Auftraggeber auszudrücken. Daher auch die innige
Verbindung von Schrift und Bild und die Tendenz,
die Schrift, die so viel bedeutet, künstlerisch zu ge-
stalten und mit dem Bilde zu einem dekorativen
Ganzen zu verbinden. Die Schrift ist nicht un-
umgänglich nötig, aber doch meist willkommen.
Selten wird sie vom Auftraggeber aufgesetzt, in der
Regel gehört sie als Bestandteil der künstlerischen
Konzeption zur Arbeit des Künstlers. Meister
darin ist Roty.

Dieses erste Stadium der Arbeit ist zugleich der
Prüfstein des Künstlers. Wer nicht die schaffende
und dichtende Kraft des Poeten in sich hat, der
ist nicht zum Medailleur vorherbestimmt, und der
klügste, gebildetste Künstler, der zugleich mit

warmem Herzen den Gegenstand zu ergründen und mit lebendiger Phantasie die gewonnene Erkenntnis in unmittelbar verständliche Form zu kleiden vermag, wird das Höchste leisten. Eine Malernatur, die als Bildhauer erzogen ist, das giebt den grossen Medailleur, und von je haben die Maler eine natürliche Neigung zur Medaille gehabt, wie denn der Grösste der Alten, Vittore Pisano, ein Maler war.

Sobald die Idee gefunden ist, tritt die Arbeit in ein neues Stadium. Hat zuerst der Philosoph, der Dichter, der Historiker — oder alle zugleich — gearbeitet, so führt nun der Künstler das Werk weiter. Aber noch nicht gleich der Bildhauer, sondern zunächst der Zeichner.

In flüchtigen Umrissen wird in dem Rechteck der Plakette oder in dem Rund der Medaille die Silhouette gesucht. Ergiebt sich dabei, dass die zuerst gewählte Idee sich nicht ausdrücken lässt, so wird von vorn angefangen. Doch kommt dies bei der sorgfältigen Vorarbeit selten vor. Es entspricht ja auch dem Mysterium des künstlerischen Schaffens, dass von der ersten Stunde an das realisierbare Bild in kräftigeren Umrissen vor der Seele steht als alle anderen Möglichkeiten.

Das Zeichnen ist, wie man auch in Deutschland weiss, dem französischen Bildhauer und Medailleur, die fast alle zugleich als Maler erzogen sind, kein unbequemes Ausdrucksmittel, sondern eine so natürliche Sprache wie dem Maler.

❀

Erst wenn Silhouette und Massen auf dem be-
henderen Wege der Zeichnung genau festgestellt
sind, tritt der Bildhauer ans Werk. In einer breit-
angelegten Skizze wird die Komposition aus der
Zeichnung ins Relief übertragen. Das ist das dritte
Stadium. Ergiebt sich, dass noch nicht Alles
stimmt, so wird unter Umständen zur Zeichnung
zurückgegriffen. Was aufgegeben wird, ist immer
noch erst Skizze.

Findet der forschende Blick an der Reliefskizze
keinen fraglichen Punkt mehr, so beginnen die
Naturstudien, und hier tritt nun wieder der Zeichner
vor. Der Umfang dieser zeichnerischen Studien
nach dem Modell ist bei den verschiedenen Künstlern sehr verschieden. Die älteren, wie Chaplain,
Roty und Dupuis, zeichnen sehr viel, einige gehen
so weit, dass sie im ganzen ferneren Verlauf der
Arbeit zu Naturstudien nicht mehr zurückkehren.
Andere nehmen nur die wichtigsten Notizen, um
nachher immer wieder das Modell zu konsultieren.
Aber ohne Kenntnis dieser zeichnerischen Vor-
studien bleibt der Charakter der modernen französischen Medaille unverständlich. Sie ist ebenso
sehr die Arbeit des Malers wie des Bildhauers.

Jede Figur wird zunächst als Akt gezeichnet.
Für einzelne Glieder, auf die es besonders an-
kommt, werden oft zahlreiche Zeichnungen gemacht. Chaplain studiert wohl gelegentlich Arme
und Körper nach einem volleren und einem
mageren Modell.

Von diesen zeichnerischen Studien geht es nun keineswegs unmittelbar an die Ausarbeitung des Reliefs. Ehe der Medailleur wieder an die Arbeit kommt, hat der Bildhauer noch eine Aufgabe zu lösen.

Auf Grund der Zeichnungen wird von jeder Figur — namentlich bei solchen in antiker Tracht — ein Thonmodell in der Höhe zwischen einem halben und einem ganzen Meter hergestellt, die Maquette.

Dieses Modell soll über die absolute Richtigkeit der Proportionen und des Bewegungsmotivs Rechenschaft geben und dient zur Prüfung der Gewandmotive, die mit feinen Musselinstoffen ausprobiert werden. Einige Künstler pflegen diese Maquetten in dem Motiv des Reliefs zu photographieren, um die Flächenwirkung des Bewegungs- und der Gewandmotive zu kontrollieren. Doch ist dies eine Ausnahme.

Nun erst, nachdem der Dichter, der Maler und der Bildhauer ihre Arbeit gethan haben, beginnt der Medailleur mit der Ausarbeitung des Reliefs. Die gezeichneten Studien, die Maquetten, vielfach noch einmal das Modell bieten ihm den Anhalt.

Das Modell wird in Wachs oder Thon geformt. Die noch als Medailleure erzogen sind, bedienen sich meist des Wachses.

Wenn das Relief völlig durchgebildet ist, wird ein Gipsabguss in sehr feiner Masse genommen, und dann findet an diesem die letzte ciselierende Überarbeitung statt.

❊

Damit ist das Werk des Künstlers abgeschlossen. Was nun folgt, ist rein mechanische Arbeit, die der Künstler nicht mehr selber leistet. Für Deutschland ist es wichtig zu betonen, dass keine Hand als die des Künstlers das Werk berührt. Sogar die oft sehr langen Inschriften werden keiner fremden Einmischung überantwortet, denn sie sollen wie eine Handschrift wirken. In der That ist jeder der grossen Medailleure schon an der Behandlung der Schrift zu erkennen.

Nach diesem Gipsabguss wird dann ein Guss in Eisen hergestellt, der als Grundlage der Verkleinerung durch die Maschine dient. Bei uns wurde wohl Bronze angewandt, eine ganz verfehlte Methode, da das weiche Metall der Maschine keinen Widerstand entgegensetzt. Ich kenne deutsche Modelle, die von der Maschine förmlich aufgefressen waren. Der Guss wird nie ciseliert. Auch das müssen wir uns merken. In Deutschland war ein bedeutender Bildhauer noch kürzlich der Meinung, die letzte feine Arbeit an seiner Skizze könnte ein Ciseleur besorgen.

Bei der Verkleinerung nach dem Eisenguss bedient man sich derselben Maschine, die auch unsere Münzstätten kennen. Aber in Frankreich ist sie zu einer ans Absolute grenzenden Vollkommenheit ausgebildet. Generationen haben daran gearbeitet. Unter den Lebenden ist der Medailleur und Medaillenschneider Tasset der letzte Vervollkommner des Apparates. Von ihm werden fast alle Werke der hervorragenden Meister verkleinert. Seine Maschine arbeitet so delikat, dass eine eigentliche Überarbeitung des Resultates nicht mehr stattfindet. Sie giebt die Handschrift des Künstlers genau wieder und ist so delikat gebaut und so empfindlich, dass eine plötzliche Veränderung der Temperatur durch ein offen stehendes Fenster oder ein ausgegangenes Kaminfeuer sich in ihrer Arbeit bemerkbar macht.

Wie Tasset als Stempelschneider, so nimmt Liard als Giesser den ersten Rang ein. Von ihm stammen die Reproduktionen der besten Modelle Rotys und Chaplains. Es bedurfte langer Experimente, um die Gusstechnik bis zu der erreichten Vollkommenheit auszubilden. Auch hier bot, wie in manchen anderen technischen Verfahren, die Nachbildung alter Medaillen, an der sich die vergangene Generation versucht hatte, die Grundlage. Von den grossen Pariser Medaillenhändlern hörte ich das Bekenntnis, dass sie gewisse Pariser Nachgüsse nicht von Originalen zu unterscheiden vermöchten. Für ganze Gebiete der Medaille älterer Epochen könnten sie eine Garantie nicht mehr übernehmen.

❀

Die Ausbildung dieser technischen Mittel der Verkleinerung und des Gusses haben maassgebenden Einfluss auf die Arbeit der französischen Medailleure erlangt.

Während der Medailleur früher nach der Vollendung des Modells sich der mühseligen Arbeit des Stempelschneidens zu unterziehen hatte, nimmt ihm die Maschine jetzt diesen beschwerlichen Teil der Arbeit ab. Chaplain, der das Stempelschneiden noch gelernt, hat es seit Jahren aufgegeben. Roty schon hatte nicht mehr nötig, sich damit zu befassen, und die jüngere Generation denkt überhaupt nicht mehr daran.

Eine kurze Darstellung der Arbeitsmethode der französischen Künstler der Medaille schien in diesem Augenblick in Deutschland geboten. In Hamburg, Dresden, Berlin, München, Magdeburg, Pforzheim hat man angefangen, die Werke der Franzosen zu erwerben, und überall spürt man ihre anregende Kraft.

Hier und da regt sich das Bestreben, das Medaillenwesen des Staates zu reorganisieren. Bei dem begreiflichen Wunsche kunstfreundlicher Behörden, rasch Resultate zu sehen, liegt die Gefahr nahe, dass die Aufgaben von flinken Talenten erhascht werden, die mehr durch geschickte Nachahmung als durch kräftige originelle eigene Arbeit befriedigen. Von heute auf morgen lässt sich nicht nachholen, was die Franzosen durch die Arbeit mehrerer Geschlechter und vieler Begabungen erreicht haben. Nicht Jeder, der zur Not ein Relief anlegen kann, ist berufen, in die anhebende Bewegung in Deutschland einzugreifen. Es gehört nicht nur der volle Besitz künstlerischen, namentlich zeichnerischen Könnens dazu, sondern auch ein kultivierterer Geschmack und eine tiefere Bildung, als wir sie beim Durchschnitt der jüngern Künstlergeneration in Deutschland gewohnt sind. Mir graut, wenn ich denke, die französischen Vorbilder könnten bei uns einfach nachgeahmt werden. Ich möchte die Schmach nicht ansehen.

Mögen sich junge Talente, die die Fähigkeit in sich fühlen, die allseitige Erziehung geben, deren sie bedürfen, um eine Kunstgattung wieder aufzunehmen, die dem künstlerischen Wesen unseres Volkes entspricht wie Kupferstich, Holzschnitt und Radierung im Sinne Schongauers, Dürers und Rembrandts. Mögen die Behörden und Kunstfreunde, von deren Einsicht so viel abhängt, Geduld haben, wenn nicht gleich das Höchste erreicht wird. Und mögen vor allen Dingen die Phantasiekünstler unter unseren grossen Malern und Bildhauern sich des neuen Ausdrucksmittels annehmen — wie einige schon begonnen haben.

DIE MEDAILLE IN WIEN

In Österreich wurde die Medaille seit langer Zeit intensiver gepflegt als in Deutschland, und unabhängig von dem Vorbilde der Franzosen hat dort Alexander Scharff die Erneuerung des Medaillenstiles durchgeführt.

Sein Werk ist ganz ausserordentlich umfangreich, und er hat schon früh neben der geprägten Medaille auch die gegossene aufgenommen.

Neben der Medaille hat er auch die Plaquette grösseren, namentlich gern auch geringen Formates verwandt, sowie die alten Formen des Hochovals und der Klippe (Raute) wieder eingeführt. Sogar die Form der durchlöcherten chinesischen Bronzemünze hat er bei einer Scherzmedaille in Anwendung gebracht.

Bei der internationalen Konkurrenz um die Jubiläumsmedaille der Königin von England trug er den Sieg davon.

Unter seinen Medaillen ist eine der interessan-
testen, die auf Gottfried Keller, ausnahmsweise nicht
nach eigenem Modell ausgeführt. Aber es war
kein Geringerer als Arnold Böcklin, der den Kopf
des Dichters und für die Rückseite die Gestalt des
Orpheus modellierte.

DIE
MEDAILLE IN DEUTSCHLAND

Die Bekanntschaft mit der modernen französischen Medaille hat auch in Deutschland die Gedanken auf eine Erneuerung des Medaillenwesens
gerichtet.

In Berlin hat S. Majestät der Kaiser sich über
den Stand der Bewegung eingehend unterrichten
lassen und eine Reihe von Aufträgen gegeben,
darunter die schöne Plakette für Wassersport von
A. Vogel.

Unter den älteren Künstlern haben Reinhold
Begas — Medaille auf die Einweihung der Schloss-
kirche in Wittenberg, auf Menzels 8o. Geburtstag
—, Schaper und Siemering sich mit der Medaille
beschäftigt. Von E. M. Geyger sind eigenartige
Leistungen bekannt. Auch in Dresden werden Anstrengungen für die Erneuerung des Medaillenstils
gemacht.

A. Hildebrandts — in München — Medaille
auf Bismarck gehört zu den edelsten Werken der
modernen Medaille.

Ein Teil der Hoffnungen, die in Hamburg bei der Begründung der Medaillensammlung ausgesprochen wurden, hat sich bereits erfüllt. Das Medaillenwesen des Staates ist reorganisiert, das der Familie und der Gesellschaften ist dem Beispiele gefolgt, und darüber hinaus hat die Plaquette das Vorbild für die Erneuerung der bronzenen Grabtafel abgegeben, die im sechzehnten Jahrhundert vor allem in Nürnberg die typische Form des Gräberschmuckes ausgemacht hat.

Der Hamburgische Staat hatte die Medaille seit alter Zeit gepflegt. Ausser den grossen und kleinen Staatsmedaillen sind bis auf unsere Zeit die sogenannten Portugaleser im Gebrauch, Goldmünzen zu 120 Mark. Vom Staat, von Gesellschaften und Privatleuten werden diese als Belohnung für Dienste angeboten, wo ein Geschenk in gangbarer Münze nicht am Platz ist.

Die Staatsmedaillen trugen bisher auf der einen Seite als Zeichen der Souveränetät den Kopf oder die Gestalt der Hammonia, auf der anderen meist in einem Kranze die zuweisende Inschrift. Von jetzt ab werden sie auf der Kopfseite das Bildnis des regierenden Bürgermeisters, auf der Bildseite die Gestalt der Hammonia tragen. Diese Neuerung ist in Hamburg überall freudig begrüsst worden.

Die erste Medaille neuen Stiles war die der Krankenhauskommission, die von A. Vogel in Berlin modelliert und auf der Hamburgischen Münze geschnitten und geprägt wurde.

Zur Erinnerung an die fünfte Säkularfeier der Eroberung des Elbkaps (Ritzebüttel-Cuxhaven) wurde 1894 eine Medaille nach dem Entwurf von P. Duyffcke geprägt, deren Hauptseite die Bildnisse der Bürgermeister Karsten Miles und Johannes Versmann J. U. Dr. — 1394 und 1894 — trägt, während auf der Bildseite eine Caravele dargestellt ist, aus der vor Ritzebüttel die Hamburgischen Streitkräfte ausgeschifft wurden.

Zum 80. Geburtstage des Fürsten Bismarck wurde eine Medaille, von Fritz Schaper modelliert, in Gestalt eines Portugalesers geschlagen. Der Avers enthält den Kopf des Fürsten, der Revers die Gestalt des h. Georgs als Drachentöter mit den Zügen des Fürsten und in der Uniform seines Regiments; die von Julius Wolff gedichtete Umschrift lautet:

Die Zwietracht vernichtet
Zur Einheit geschlichtet
Das Reich errichtet.

Für die grosse Staatsmedaille hat die Bildseite mit der kranzspendenden Hammonia A. Vogel modelliert, während die ersten Bildnisse, die der Bürgermeister J. A. Mönckeberg Dr. und J. Versmann Dr., von W. Kumm stammen.

Im Jahre 1897 wird die Staatsmedaille zur Belohnung für Verdienste im Brieftaubensport von Caesar Scharff herauskommen.

Unter den Privatmedaillen der letzten Jahre
sind besonders die auf Bürgermeister Petersen Dr.
von Lauer in Nürnberg zu nennen. Auch diese
schliesst sich dem neuen Vorbilde an, da Lauer
zum Studium unserer Sammlung nach Hamburg
kam. Sodann die zur Jubelfeier der Firma Westphal
von dem Hamburgischen Münzmedailleur von Langa.

DIE SKULPTUR
IN DEN DEUTSCHEN MUSEEN

1891

Von den deutschen Museen wurde die moderne
Plastik bisher vernachlässigt. Zwar besitzt die
Nationalgalerie eine Anzahl von Arbeiten in Mar-
mor und Bronze, aber sie giebt noch kein aus-
reichendes Bild von dem Stande der deutschen
Skulptur unseres Jahrhunderts und schliesst die der
übrigen Nationen aus. Neben diesem Ansatz giebt
es in Deutschland keine Sammlung moderner
Skulptur in edlem Material, und ausser den Museen
der Gesamtwerke einzelner Meister in Gipsabgüssen (Rauchmuseum in Berlin, Rietschel-Hähnel-
Museum in Dresden) nur vereinzelte Sammlungen
von Gipsabgüssen.

Dieser Zustand ist verhängnisvoll für unsere
Produktion und unsere künstlerische Bildung geworden. Der Bildhauer sieht sich in Deutschland
auf dekorative Arbeiten, Denkmäler und Büsten im
wesentlichen beschränkt. Für die freie Behandlung

der menschlichen Gestalt fehlt der Hintergrund der
Aufträge durch den Staat. Das Publikum hat für
die moderne Plastik nicht viel übrig. Selbst Gebildete pflegen das Vorurteil zu hegen, dass sie
sich für diesen Zweig unserer Kunst nicht zu inter-
essieren vermöchten, meiden die Skulpturensäle auf
den Ausstellungen und lassen Skulptur nicht in ihr
Haus. Es handle sich denn um eine geschenkte
französische Bronze. Am schlimmsten steht es in
den dekorativen Künsten, die den Modelleur brauchen;
der absolut notwendige Zusammenhang zwischen
dem Gewerbe und der lebendigen Kunst ist hier
sehr mangelhaft geblieben. Vorbilder aus dem
Mittelalter und der Renaissance geben an Stelle
grosser moderner Kunstwerke die Anregung, ein
ungesunder Zustand.

Schon bei der Wiedereröffnung der Kunsthalle,
Ende 1886, wurde betont, dass neben der Malerei
auch die Plastik in den Hamburger Sammlungen
gepflegt werden müsse. Im Jahresbericht für 1890
wurde dargelegt, dass es mit Gipsabgüssen nicht
gethan ist, denn für die lebendige Wirkung der
Plastik bleibt das edle Material eine Hauptbedingung.
Durch eine Sammlung von Abgüssen lässt sich
tieferes Interesse und herzliche Freude an der Plastik
nicht in weitere Kreise tragen.

In Hamburg, das wegen Mangels eines geeigneten
Lokals zum grössten Nachteil für die Bildung des
Publikums auf umfassendere Kunstausstellungen seit
Jahren verzichten muss, sind wir mit der modernen

Plastik, die nur auf den Ausstellungen in München und Berlin zu erscheinen pflegt, ausser Fühlung.

Es schien der Verwaltung der Kunsthalle deshalb geboten, für die Begründung einer Skulpturensammlung besondere Anstrengungen zu machen. Obgleich bei der Dringlichkeit des Vorhabens auf Unterstützung des Staates wohl mit Sicherheit zu rechnen gewesen wäre, zog es die Direktion vor, den mühsameren Weg der Privathülfe einzuschlagen.

Um zugleich die ersten Mittel zu gewinnen und das Interesse in weitere Kreise zu tragen, wandte sich der Direktor an den Kunstverein und den Verein von Kunstfreunden von 1870. Beide Vereine, von der Notwendigkeit der Ausbildung einer Skulpturensammlung neben der Gemäldegalerie und dem Kupferstichkabinet überzeugt, beschlossen, das Unternehmen gemeinsam mit dem Direktor der Kunsthalle durchzuführen.

Auch der Plan für die Anlage und Ausbildung der Sammlung fand in allen massgebenden Kreisen Zustimmung. Bei dem gegenwärtigen Stande der Skulptur, den der Direktor seit 1888 auf den Ausstellungen in den Sammlungen von Berlin, München, Dresden, Paris und Kopenhagen eingehender zu studieren Gelegenheit hatte, erschien es unthunlich, sich auf die deutsche Produktion zu beschränken, vor allem in Hamburg, dessen Galerie durch die Stiftungen aus Privatbesitz zum Drittel aus Werken fremder Nationen besteht. Es soll deshalb der Versuch gemacht werden, mit der Zeit neben der deutschen die französische und im Anschluss an die Schwabestiftung die englische Plastik in charakteristischen Werken zur Anschauung zu bringen.

Die Sammlung soll nicht nur Statuen und Büsten umfassen, sondern in besonderer Rücksicht auf die Bedürfnisse des Kunstgewerbes auch die Kleinplastik, so weit sie ihrem Gehalt nach zur grossen Kunst gehört.

Es liegt im Plan, auch dieser Sammlung, ähnlich der Galerie, einen möglichst lokalen Charakter zu geben, indem die Büsten berühmter oder verdienter Hamburger von der Hand bedeutender Künstler aufgestellt werden.

Den ersten Auftrag für die Sammlung gaben als Vorstand des Vereins von Kunstfreunden von 1870 die Herren E. Amsinck, E. L. Behrens, O. Berkefeld, Senator O'Swald, Freiherr von Westenholz dem jungen Bildhauer W. Kumm, einem geborenen Hamburger und Schüler von Fritz Schaper in Berlin. Es wurde die im Modell ausgestellte Figur des Heloten gewählt und dem Künstler die eigenhändige Ausführung der Marmorarbeit zur Bedingung gemacht. Die lebensgrosse Marmorfigur traf im Dezember 1891 zur Ausstellung ein.

Der zweite Schritt führte nach einer anderen Richtung.

Seit etwa 1870 hat in Paris eine in Deutschland so gut wie unbeachtet gebliebene Bewegung zu einer technischen und künstlerischen Erneuerung der Plaquette und Medaille, dieser in unserem Jahrhundert

so tief gesunkenen Kunstgattungen, geführt. Wie
wenig in Deutschland selbst Fachleuten die gross-
artige Renaissance der Medaille in Frankreich unter
der dritten Republik bekannt geworden, zeigt das
Schlusskapitel von Dannenberg's trefflicher Münz-
kunde (Leipzig 1891), das die seit 1870 an erster
Stelle stehenden und seit Jahren sogar der französischen Akademie angehörenden Meister wie Chaplain
und Roty nicht nennt und aus der Kenntnis und
dem Verständnis der alten Kunst für die Wiederbelebung der Medaille als Wunsch äussert, was heute
in Paris längst als Erfüllung vor Aller Augen daliegt.

Es kommt hinzu, dass die Erneuerung des Medaillenstils in Frankreich bereits den dekorativen
Künsten neue Bahnen gewiesen hat.

Besonders ist dieser Einfluss in der französischen
Goldschmiedekunst nachweisbar, die durch das Vorbild der Plaquette und Medaille eine Umgestaltung
erfahren hat. Meister wie Roty haben neben Levillain und Heller direkt für die Goldschmiedewerk-
stätten gearbeitet.

Von einer Sammlung dieses Kunstzweiges durfte
man sich deshalb kräftige Anregungen für unser
heimisches Kunstgewerbe versprechen. Ausserdem
hatte die Kunsthalle noch aus Rücksicht auf das
alte, aber in jüngster Zeit zurückgegangene Medaillenwesen des Hamburgischen Staates und der Hamburgischen Familien Anlass, für neue Vorbilder zu
sorgen, wie dies schon im letzten Jahresbericht des
Längeren ausgeführt worden ist.

Die erste eingehende Bekanntschaft mit diesem Zweige der französischen Kunst machte der Direktor 1888 auf der Kopenhagener Ausstellung. Die Pariser Weltausstellung 1889 und die Salons von 1890 boten Gelegenheit, die weitere Entwickelung zu verfolgen. Nachdem durch Verhandlungen mit den Freunden der Anstalt die Aussicht auf genügende Mittel gewonnen war, ging der Direktor im Juni 1891 nach Paris, um den Versuch zu machen, die hervorragendsten Werke zu erwerben. Eine Anfrage zunächst bei den führenden Meistern hatte den gewünschten Erfolg, da die Kunsthalle das erste Museum war, das mit der Absicht kam, die ganze Bewegung in einer Sammlung darzustellen. Selbst die französischen Museen hatten die junge Kunst bis dahin vernachlässigt. Thatsächlich gab es im Frühjahr 1891 in Paris selbst noch keine öffentliche Sammlung, in der dieser Zweig hätte studiert werden können. Das Luxembourgmuseum hatte gerade begonnen, eine Auswahl der Werke Chaplains und Rotys zu erwerben. Im Kunsthandel kam nur selten ein versprengtes Stück vor.

Da das Publikum an den sofort nach ihrem Eintreffen ausgestellten Meisterwerken ein ganz ausserordentlich lebhaftes Interesse zeigte, und da von vielen Seiten Beihülfe zugesichert wurde, beschloss die Verwaltung auf Antrag des Direktors, die Werke aller hervorragenden Künstler dieser Bewegung zu bestellen. Ende Dezember lag von fast Allen die Zusage vor.

Danach wird die Kunsthalle als Grundlage der Skulpturenabteilung eine in ihrer Art einzige Sammlung des originellsten Zweiges der modernen Plastik besitzen. Die technische und künstlerische Bedeutung dieser Kunstwerke wurde in Fachkreisen und im Publikum bereits nach der Ausstellung der ersten Eingänge allgemein sehr hoch angeschlagen. Für die Verwaltung hat dieser Umstand den Beweis erbracht, dass die grosse Skulptur unmittelbar zu der ganzen Bevölkerung spricht, und dass die geplante Erwerbung von Statuen, Statuetten und Büsten eine gleich freundliche Aufnahme finden wird.

Da die Bewegung in Frankreich mitten in der Entwickelung begriffen ist und ihre Führer im besten Mannesalter stehen, bietet die Anlage der Plaquettensammlung den Freunden der Kunsthalle die erfreuliche Aussicht, die weitere Entwickelung der grossen, ihnen bereits lieb gewordenen Meister Jahr für Jahr verfolgen zu können, ein Umstand, auf den die Direktion der Kunsthalle besonders Gewicht legt.

Eine sehr dankenswerte Erweiterung hat das Unternehmen durch den K. K. Österreichisch-Ungarischen Generalkonsul Freiherrn von Westenholz erfahren, der im Anschluss an früher geschenkte Werke der bedeutenden Wiener Medailleure das Werk von A. Scharff gestiftet.

Die Verwaltung der Kunsthalle hofft, durch diese Abteilung für die Auffassung zu wirken, dass die Sammlungen moderner Kunst nicht als Luxusanstal-

ten zu betrachten und zu entwickeln sind, sondern
eine notwendige Ergänzung der Gewerbemuseen
bilden. Es genügt nicht, die dekorativen Künste
ausschliesslich auf die Vorbilder alter Kunst hinzu-
weisen. Für das Gedeihen des Kunstgewerbes ist
der Anschluss an die grossen Bewegungen auf dem
Gebiete der hohen Kunst der Gegenwart eine Lebens-
bedingung. Denn die hohe Kunst wächst nicht aus
dem Gewerbe heraus, sondern bildet dessen Voraus-
setzung. In einem Lande, das dem Maler, Bildhauer und Architekten nicht die höchsten Aufgaben
stellt, fördert die Gründung von Gewerbemuseen
und die Ausstattung von Gewerbeschulen nicht die
erwünschten Resultate zu Tage. Unser deutsches
Kunstgewerbe leidet an dieser einseitigen Begünsti-
gung der antiquarischen Tendenzen. Die Erkenntnis, dass die Malerei und Plastik ihre höchsten
Leistungen nicht im Anschluss an das Studium alter
Vorbilder erreicht, ist Gemeingut aller Einsichtigen
geworden. Wie für den Maler und Bildhauer das
unablässige und originelle Studium der Natur als
selbstverständlich gilt, so ist für alle dekorativen
Künste (Kunstgewerbe) der unmittelbare Anschluss
an die Bestrebungen der lebenden hohen Kunst zu
verlangen. Nur dann vermag das Studium der Vorbilder alter Kunst in den Gewerbemuseen die rechten
Früchte zu tragen.

Die modernen Kunstmuseen haben deshalb neben
den Gewerbemuseen dem Kunstgewerbe die höchsten
Vorbilder zu bieten.

Im Gewerbestande wird immer wieder der Wunsch laut, die Gewerbemuseen möchten moderne Erzeugnisse sammeln. Wo man diesem Wunsche bisher entgegengekommen ist — und an Versuchen hat es in Berlin und anderswo nicht gefehlt — hat man sich bald von der Nutzlosigkeit überzeugt.

Dem durchaus gesunden Bedürfnis des Kunstgewerbes nach Berührung mit der modernen Kunst kann rationell nur durch die Gemäldegalerien und Skulpturensammlungen abgeholfen werden. Ihre grosse und leider nicht allgemein erkannte volkswirtschaftliche Bedeutung für die Produktion liegt gerade in dieser Vermittlerrolle.

Mit Rücksicht auf diese Funktionen die Sammlungen der Kunsthalle auszubauen, sieht die Verwaltung als eine ihrer vornehmsten Verpflichtungen an. Sie weiss sich darin einig mit der Direktion des Gewerbemuseums.

ABBILDUNGEN

VERZEICHNIS DER ABBILDUNGEN

IV

CHAPLAIN

DIE JURISTISCHE BEREDSAMKEIT

GUSSMEDAILLE

LICHTWARK, DIE WIEDERERWECKUNG DER MEDAILLE
VERLAG VON GERHARD KÜHTMANN IN DRESDEN

I

CHAPLAIN

ARBEITERHEIM

GEPRÄGTE MEDAILLE

LICHTWARK, DIE WIEDERERWECKUNG DER MEDAILLE
VERLAG VON GERHARD KÜHTMANN IN DRESDEN

II

CHAPLAIN

MEDAILLE AUF GÉRÔME

BRONZEGUSS

LICHTWARK, DIE WIEDERERWECKUNG DER MEDAILLE

VERLAG VON GERHARD KÜHTMANN IN DRESDEN

III

O. L. ROTY

MEDAILLE AUF CHEVREUL

LICHTWARK, DIE WIEDERERWECKUNG DER MEDAILLE
VERLAG VON GERHARD KÜHTMANN IN DRESDEN

IV

O. L. ROTY

PLAKETTE AUF EUDOXE MARCILLE

LICHTWARK, DIE WIEDERERWECKUNG DER MEDAILLE
VERLAG VON GERHARD KÜHTMANN IN DRESDEN

V

O. L. ROTY

DIE KUNSTGESCHICHTE

BRONZEGUSS

LICHTWARK, DIE WIEDERERWECKUNG DER MEDAILLE
VERLAG VON GERHARD KUHTMANN IN DRESDEN

VI

O. L. ROTY

BILDNIS SEINER TOCHTER

BRONZEGUSS

LICHTWARK, DIE WIEDERERWECKUNG DER MEDAILLE
VERLAG VON GERHARD KÜHTMANN IN DRESDEN

VII

O. L. ROTY

PLAKETTE AUF LÉON GOSSELIN

PRÄGUNG

O. L. ROTY

DIE FREIGEBIGKEIT

BRONZEGUSS

O. L. ROTY

BILDNIS VON FRAU BOUCICAULT

BRONZEGUSS

DEGEORGE

PARIS AUF DEN WÄLLEN

PRÄGUNG

LICHTWARK, DIE WIEDERERWECKUNG DER MEDAILLE
VERLAG VON GERHARD KÜHTMANN IN DRESDEN

X

DANIEL DUPUIS

BARMHERZIGKEIT

BRONZE

LICHTWARK, DIE WIEDERERWECKUNG DER MEDAILLE
VERLAG VON GERHARD KÜHTMANN IN DRESDEN

XI

LEVILLAIN

BILDNIS VON TH. DECK

BRONZEGUSS

LICHTWARK, DIE WIEDERERWECKUNG DER MEDAILLE
VERLAG VON GERHARD KÜHTMANN IN DRESDEN

XII

FREMIET

BILDNIS VON PAUL RATTIER

BRONZEGUSS

LICHTWARK, DIE WIEDERERWECKUNG DER MEDAILLE
VERLAG VON GERHARD KÜHTMANN IN DRESDEN

XIII

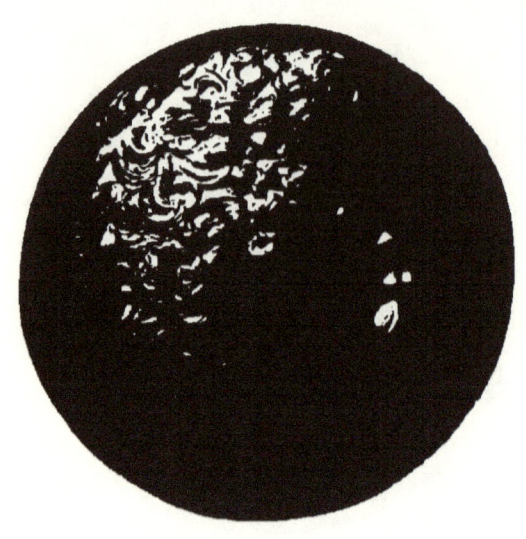

DAVID D'ANGERS

BILDNIS VON F. STAMMANN

BRONZEGUSS

LICHTWARK. DIE WIEDERERWECKUNG DER MEDAILLE

VERLAG VON GERHARD KÜHTMANN IN DRESDEN

XIV

OUDINÉ

NAPOLEON III. UND SEIN SOHN

PRÄGUNG

LICHTWARK, DIE WIEDERERWECKUNG DER MEDAILLE
VERLAG VON GERHARD KÜHTMANN IN DRESDEN

XV

MOUCHON

BILDNISPLAKETTE

LICHTWARK, DIE WIEDERERWECKUNG DER MEDAILLE
VERLAG VON GERHARD KÜHTMANN IN DRESDEN

XVI

ALPHÉE DUBOIS

DIE GEOGRAPHIE

BRONZEGUSS

LICHTWARK, DIE WIEDERERWECKUNG DER MEDAILLE
VERLAG VON GERHARD KÜHTMANN IN DRESDEN

XVII

CHARPENTIER

BILDNIS VON CATULLE MENDÈS

BRONZEGUSS

LICHTWARK, DIE WIEDERERWECKUNG DER MEDAILLE
VERLAG VON GERHARD KÜHTMANN IN DRESDEN

XVIII

CHARPENTIER

GEIGERIN

BRONZEGUSS

LICHTWARK, DIE WIEDERERWECKUNG DER MEDAILLE
VERLAG VON GERHARD KÜHTMANN IN DRESDEN

XIX

VERNON

BILDNIS VON H. DANGER

PLAKETTE

BRONZEGUSS

LICHTWARK, DIE WIEDERERWECKUNG DER MEDAILLE
VERLAG VON GERHARD KÜHTMANN IN DRESDEN

XX

PETER

HUNDEBILDNIS

BRONZEGUSS

LICHTWARK, DIE WIEDERERWECKUNG DER MEDAILLE
VERLAG VON GERHARD KÜHTMANN IN DRESDEN

XXI

A. SCHARFF

MEDAILLON AUF H LUBASCH

LICHTWARK, DIE WIEDERERWECKUNG DER MEDAILLE
VERLAG VON GERHARD KÜHTMANN IN DRESDEN

XXII

www.ingramcontent.com/pod-product-compliance
Lightning Source LLC
Chambersburg PA
CBHW030023030726
47499CB00008B/3100